Para Camille y Chloé
        C N

Para Corinne y Raphaël
        E J

Traducción: P. Rozarena

Título original: *Donne-moi un ours!*

© l'école des loisirs, París, 2001
© De esta edición: Editorial Luis Vives, 2004
   Carretera de Madrid, km 315,700
   50012 Zaragoza
   Teléfono: 913 344 883
   www.edelvives.es

EVGi Talleres gráficos Edelvives (50012 Zaragoza)
ISO 9001 Certificados ISO 9001

ISBN: 84-263-5281-2
Depósito legal: Z. 1236-04
Printed in Spain

Un regalo
muy grande

Carl Norac

Ilustraciones Émile Jadoul

EDELVIVES

Papá está muy preocupado.
Se ha olvidado de comprar el regalo
de cumpleaños para Luis.
—¡Me habías prometido comprarme
un oso más grande que el de Benjamín!
—se enfurruña Luis.

Papá va corriendo a unos grandes almacenes.
—¡Dese prisa!— dice la dependienta—.
¡Vamos a cerrar dentro de unos minutos!
Papá ve un montón de osos de peluche.
—Son todos muy pequeños
y no se parecen nada a los osos de verdad.

Así que Papá compra dos tarros de miel
y se dirige al bosque que hay cerca.
Coloca uno de los tarros sobre un tronco
y se esconde detrás de un árbol.

7

Aparece un oso. Olfatea y mira alrededor.
Después se abalanza sobre el tarro de miel
y lo vacía de tres lengüetazos.

Papá sale de su escondite,
le enseña al oso el otro
tarro y echa a andar.
El oso, que es muy goloso,
sigue el rastro del olor a miel.

—¡Feliz cumpleaños, Luis! —exclama Papá—.
Te he traído un oso. Es bastante
más grande que el de Benjamín.
A Luis le gusta muchísimo el oso,
a Mamá no le gusta casi nada, y dice:
—Un oso tan grande complica mucho la vida.

12

El oso es muy simpático.
Incluso ayuda a Luis a soplar las velas.
—¡Te quiero mucho, oso! —dice Luis,
dándole un beso—. ¡Buenas noches!

El oso lo pasa
muy bien con Luis,
pero la casa
le resulta pequeña.
Prefiere jugar
en el jardín.
Le gusta mirar
por la ventana
de los vecinos.
Dentro de la casa
ve a un niño
mimando
a su oso de peluche.

Es Benjamín.

"¡Yo quiero que me mimen!", piensa el oso.
Y va a sentarse sobre las rodillas de Luis.
—¡Quítate de ahí, vas a aplastar a mi hijo!
—grita Papá muy enfadado.

¡YO QUIERO QUE
ME MIMEN!

¡YO QUIERO DORMIR CALENTITO! ↱

El oso vuelve a mirar por la ventana:
Benjamín ha acostado a su oso en una cama
y lo arropa bien para que duerma calentito.
"¡Yo también quiero dormir calentito!", piensa el oso.
Va a la habitación de los padres de Luis
y se acuesta en la cama.

Como pesa mucho, la cama se rompe.

—¡No lo ha hecho a propósito! —le disculpa Luis.

—¡Este oso tiene que irse de aquí inmediatamente!
—exclama Papá—. Lo siento, grandullón, pero
es muy difícil convivir contigo, así que ¡adiós!
—y lo empuja para que se vaya.

¡ADIÓS!

Mientras tanto,
en la casa de al lado,
Benjamín se pelea
con el osito:
—¡Vete, ya no te quiero!
Echa al osito fuera
y cierra la puerta.
El oso grande ve al pequeño,
lo recoge con ternura
y lo mece en sus brazos.

Los dos se alejan muy tristes bajo la nieve.

Papá y Mamá suspiran aliviados.

Y en la casa todo vuelve a ser como antes.

Pero no por mucho tiempo...